À tous les membres de la

L'apprentissage de la lecture est l'une des réalisati
importantes de la petite enfance. La collection *Je peux lire* est conçue
pour aider les enfants à devenir des lecteurs experts qui aiment lire.
Les jeunes lecteurs apprennent à lire en se souvenant de mots utilisés
fréquemment comme « le », « est » et « et », en utilisant les techniques
phoniques pour décoder de nouveaux mots et en interprétant les indices
des illustrations et du texte. Ces livres offrent des histoires que les
enfants aiment et la structure dont ils ont besoin pour lire couramment
et sans aide. Voici des suggestions pour aider votre enfant avant,
pendant et après la lecture.

Avant

Examinez la couverture et les illustrations, et demandez à votre
enfant de prédire de quoi on parle dans le livre.

Lisez l'histoire à votre enfant.

Encouragez votre enfant à dire avec vous les formulations et les mots
qui lui sont familiers.

Lisez une ligne et demandez à votre enfant de la relire après vous.

Pendant

Demandez à votre enfant de penser à un mot qu'il ne reconnaît
pas tout de suite. Donnez-lui des indices comme : « On va voir si
on connaît les sons » et « Est-ce qu'on a déjà lu un mot comme
celui-là? ».

Encouragez l'enfant à utiliser ses compétences phoniques pour
prononcer d'autres mots.

Lorsque l'enfant a besoin d'aide, lisez-lui le mot qui pose un
problème, pour qu'il n'ait pas trop de mal à lire et que l'expérience
de la lecture avec les parents soit positive.

Encouragez votre enfant à lire avec expression... comme un
comédien!

Après

Proposez à votre enfant de dresser une liste de mots qu'il préfère.

Encouragez votre enfant à relire ses livres. Il peut les lire à ses frères
et sœurs, à ses grands-parents et même à ses toutous. Les lectures
répétées donnent confiance au jeune lecteur.

Parlez des histoires que vous avez lues. Posez des questions et
répondez à celles de votre enfant. Partagez vos idées au sujet des
personnages et des événements les plus amusants et les plus
intéressants.

J'espère que vous et votre enfant allez aimer ce livre.

Francie Alexander,
spécialiste en lecture
Groupe des publications
éducatives de Scholastic

Pour Lulu, qui dessine si bien les oursons. Merci!
– J. K. F.

Pour tous les petits oursons qui dorment dans leur tanière
sur la colline des citrouilles, en hiver.
– L. M.

Données de catalogage avant publication (Canada)

Korman, Justine
 Le Noël d'ourson

(Je peux lire!. Niveau 2)
Traduction de : The Christmas cub.
ISBN 0-439-98556-0

I. McQueen, Lucinda. II. Duchesne, Lucie. III. Titre. IV. Collection.

PZ23.K65No 2000   j813'.54   C00-931123-8

Édition publiée par Les éditions Scholastic,
175 Hillmount Road, Markham (Ontario) L5C 1Z7.

5 4 3 2 1   Imprimé au Canada   00 01 02 03 04 05

Le Noël d'Ourson

Texte de Justine Korman Fontes
Illustrations de Lucinda McQueen
Texte français de Lucie Duchesne

Je peux lire! — Niveau 2

Les éditions Scholastic

Il était une fois un ourson
très curieux qui s'appelait Pip.
Voici son histoire.

Pip habite dans une grande caverne
avec sa maman et son papa.

Un jour de grand froid, Maman Ours dit :
— C'est le temps d'aller dormir, mon chéri.
L'hiver approche.

Mais Pip est trop curieux pour aller dormir.
Qu'est-ce que c'est, *l'hiver?*
Il veut le découvrir!

Alors Pip sort de la caverne
et marche dans la forêt enneigée.
Il renifle des empreintes,
qui le mènent à une petite
maison de bois.

— Mais qu'est-ce que c'est?
se demande l'ourson à haute voix.
— Une maison, répond un pin, tout près.

Pip est curieux.

— Qui es-tu? demande-t-il.

— Je m'appelle Arsène le pin.

Avec une de ses branches, il pointe
la petite maison de bois.

— Et ce sont des humains.

C'est la première fois que
Pip voit des humains.
C'est intéressant.
Ils n'ont pas de fourrure.

Et ils marchent sur deux pattes,
pas sur quatre.

Arsène le pin sait tout sur les humains,
et tout sur l'hiver…
— Je suis le seul arbre qui reste éveillé,
explique-t-il.

— Je connais tout sur l'hiver.
La glace, la neige et surtout... Noël!
— Qu'est-ce que c'est, *Noël?*
demande Pip.

— Noël, c'est si beau! soupire
Arsène le pin.
Les humains décorent leur
petite maison.
Pip jette un coup d'œil par la fenêtre.
— Je suis content d'être resté éveillé
pour Noël! dit-il.
— Mais ce n'est pas tout,
ajoute Arsène le pin.

— Les humains chantent des
chansons spéciales, poursuit l'arbre.
Pip adore cette musique.
— Je suis si heureux d'être là
pour Noël! dit-il.

— Mais ce n'est pas tout! dit Arsène le pin
en riant. Les humains font des biscuits.
Pip aime l'odeur de biscuits.
Lorsque les humains sont partis, il en profite
pour en manger quelques-uns.
— J'adore Noël! s'écrie Pip.

— Mais ce n'est pas tout!
dit Arsène le pin.

— Les gens échangent des cadeaux!
C'est la joie de Noël.

— J'aimerais vivre la joie de Noël,
soupire Pip.

— Je te le souhaite, dit Arsène le pin.
Soudain, l'arbre a une idée…

Le lendemain, Pip trouve un cadeau
sous les branches d'Arsène le pin.
— C'est pour moi? demande Pip.
Arsène le pin fait signe que oui,
et l'air se remplit de la bonne odeur
du pin.

Pip développe son cadeau.

— C'est magnifique! s'écrie-t-il.

Le petit arbre est tout heureux.

— Les oiseaux m'ont aidé à le fabriquer
pour toi, dit-il.

Pip serre sa poupée bien fort
dans ses bras.

— Maintenant, je sais ce que c'est, Noël.

Mais le lendemain, Pip se rend
compte qu'il a oublié le plus important.
*Je dois trouver un cadeau pour
Arsène le pin!* se dit-il.
Il regarde à l'extérieur de la caverne.
Le ciel est gris et il pleut.
Qu'est-ce que le petit ourson pourrait
bien offrir à l'arbre?

Mais voilà que les nuages disparaissent
et qu'un arc-en-ciel apparaît!
Comme c'est beau!
C'est le cadeau parfait pour
Arsène le pin! se dit l'ourson.
Et il part en courant
attraper l'arc-en-ciel.

Pip aperçoit l'arc-en-ciel qui frissonne,
dans une flaque d'eau.
Tout d'un coup, l'eau se transforme
en glace, puis il commence à neiger!
Pip ramasse l'arc-en-ciel gelé.

Le petit ourson se met à courir pour offrir
son merveilleux cadeau à Arsène.

Mais, juste au moment d'arriver, il trébuche
et l'arc-en-ciel tombe par terre.

— J'ai brisé ton cadeau! dit-il en pleurant.

— Mais il est toujours merveilleux!
dit Arsène.
Le petit ourson a une idée.
— Tu vas être l'arbre le plus coloré
du monde! dit Pip.

Au même moment, le père Noël apparaît.

— Quel bel arbre! dit-il.

Je suis sûr que tu es un *arbre de Noël*.

Depuis ce moment, les arbres,

restés éveillés tout l'hiver, font de merveilleux

arbres de Noël.

Et, les oursons de peluche,

les cadeaux préférés du père Noël!